W0342887

LES ENQUÊTES DES PETITS GÉNIES !

TERREUR CHEZ LES GAMERS

Du CE2 au CM1

FRANÇOIS LECELLIER

LAROUSSE

Direction de la publication : Carine Girac-Marinier
Direction éditoriale : Julie Pelpel-Moulian
Édition : Eléna Chryssos
Direction artistique : Uli Meindl
Mise en pages : SKGD-Création
Fabrication : Ombeline Canaud

Illustrations : © shutterstock.com

© Éditions Larousse 2021

Cet ouvrage n'est pas un produit officiel Minecraft, et ne doit pas être considéré comme approuvé ou associé à Mojang.
Minecraft est une marque déposée par MOJANG SYNERGIES AB.

PAPIER À BASE DE FIBRES CERTIFIÉES

LAROUSSE s'engage pour l'environnement en réduisant l'empreinte carbone de ses livres. Celle de cet exemplaire est de :
700 g éq. CO_2
Rendez-vous sur www.larousse-durable.fr

ISBN : 978-2-03-600350-7

Imprimé en Roumanie par Rotolito Romania
Dépôt légal : janvier 2021 – 327384 / 01
N° de projet : 11045753 – avril 2021

AVANT-PROPOS

Dans ce livre, tu auras cinq enquêtes à résoudre. Pour chaque étape, il te faudra trouver des indices dans les histoires et trouver les solutions à des questions en mathématiques, en français et parfois en sciences. Observe bien les pages, sois attentif à tous les indices et tu pourras résoudre toutes les enquêtes !

SOMMAIRE

SOMMAIRE PAR COMPÉTENCE

MATHÉMATIQUES

FRANÇAIS

ENQUÊTE N° 1

À LA POURSUITE D'UN CHATON

Ce matin-là, tu te réveilles en pleine forme et tu sors de ton lit. Tout est cubique autour de toi mais c'est normal, tu es dans le jeu Minecraft ! Tu t'étires et tu appelles Mimi, le petit chaton que tu as adopté voici quelques jours.

Mais… que se passe-t-il ? Tu n'entends aucun miaulement ni ronronnement en retour. Peut-être joue-t-il simplement à cache-cache avec toi ? Tu te mets à retourner la maison pour le trouver. Tu ouvres les armoires, regardes sous le lit et essaies même d'agiter une ficelle pour l'attirer… mais rien à faire : Mimi s'est volatilisé.

TU DOIS LE RETROUVER !

1 À LA POURSUITE D'UN CHATON

Réfléchissons peu, mais réfléchissons bien ! La porte était fermée, il n'a donc pas pu s'enfuir par là. En marchant dans le salon, tu sens une légère brise. Les fenêtres sont ouvertes. Oh non ! Il est sûrement parti en sautant par l'une d'elles... Mais laquelle ? Mimi est tout petit, il a dû passer par la fenêtre la moins haute...

EFFECTUE LES CALCULS CORRESPONDANT À CHAQUE FENÊTRE ; LA PLUS BASSE ÉQUIVAUT AU PLUS PETIT RÉSULTAT.

- A : 56 × 7 = 320
- B : 64 × 5 = 32?
- C : 123 × 4 = 496
- D : 81 × 9 = 729
- E : 77 × 6 = 462
- F : 9 × 64 = 576

MIMI S'EST ÉCHAPPÉ PAR LA FENÊTRE 1

ENQUÊTE N°1

2 À LA POURSUITE D'UN CHATON

Maintenant que tu as trouvé par quelle fenêtre il s'est enfui, tu peux te diriger dans la bonne direction pour le chercher. Mais, tu as l'impression que tout est très calme... Il manque un cri d'animal au bruit ambiant habituel. Cet animal est certainement parti avec Mimi ! Tu te souviens avoir rempli les mangeoires de tous tes animaux hier... Peut-être pourrais-tu déterminer lequel manque à l'appel grâce à cela ?

TROUVE LA MANGEOIRE LA PLUS PLUS REMPLIE ET RELIE CHAQUE ANIMAL À SON ALIMENT PRÉFÉRÉ.

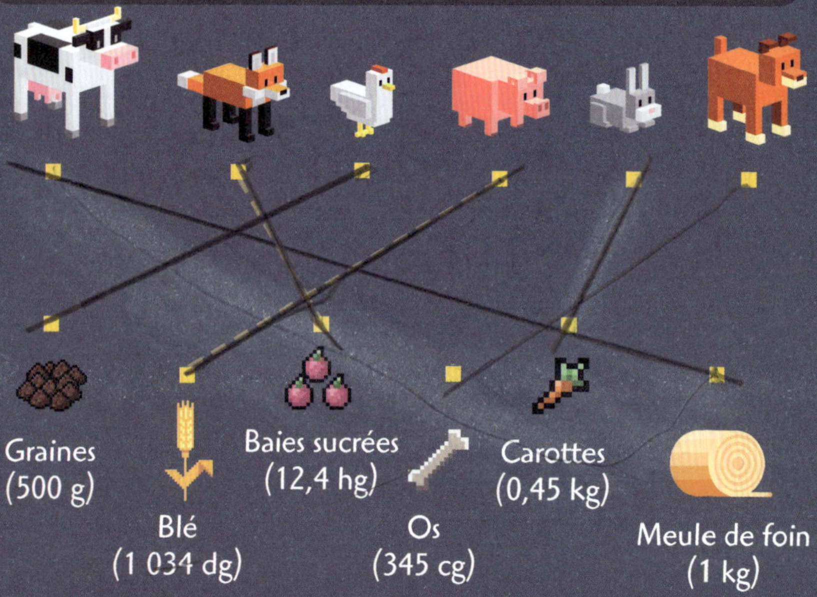

MIMI EST PARTI AVEC ______

À LA POURSUITE D'UN CHATON

3

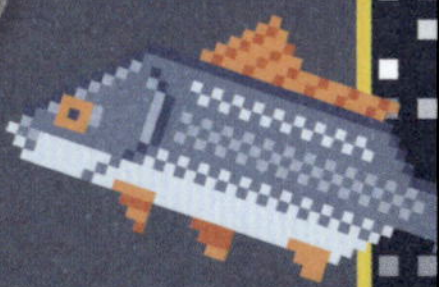

Tu sais maintenant avec quel animal est parti Mimi, et à vrai dire, ça ne t'étonne pas ! Tu sais que cet animal adore aller sur la montagne près de ta maison. Peut-être y a-t-il une piste à explorer là-bas ? Avant de creuser cette hypothèse, il faut trouver quelque chose pour attirer Mimi. C'est un chaton très gourmand et il adore le poisson fraîchement pêché. Tu prends donc ta canne à pêche et te diriges vers le petit lac à proximité, qui regorge de poissons ; tu devrais pouvoir en attraper un rapidement ! En regardant les canards qui barbotent dans le lac, tu installes ta canne. Tiens ! Ce mot ressemble étrangement au nom de la femelle du canard. Tout en attendant qu'un poisson morde à l'hameçon, tu te demandes si tu connais d'autres homonymes…

POUR CHACUNE DES PHRASES SUIVANTES, ENTOURE LE BON MOT À ÉCRIRE PARMI LES PROPOSITIONS.

- La femelle du canard s'appelle la (*cane, canne*).
- Il m'a tapé : il m'a donné un (*cou, coup*) !
- En me promenant dans la forêt, j'ai trouvé des (*murs, mûres*) et je les ai mangées !
- J'avais tellement chaud que je me suis baigné dans la (*maire, mer, mère*).
- Pour être sûr d'avoir assez d'argent, il faut que je le (*conte, comte, compte*).

4 À LA POURSUITE D'UN CHATON

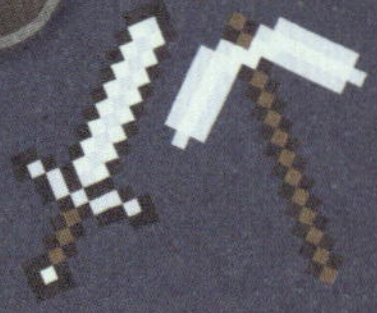

Ça y est, tu as attrapé un énorme poisson ! Il faut maintenant que tu prépares tes affaires. Tu penses que Mimi et son compagnon sont partis s'aventurer dans la montagne ; il te faut donc tout le nécessaire pour grimper au sommet ! Tu as amassé beaucoup de coffres pendant tes heures de jeu... Lequel contient les affaires dont tu as besoin ?

REGARDE DANS TES COFFRES ET PRENDS CELUI QUI CONTIENT LE MOINS D'ÉLÉMENTS EN TOUT.

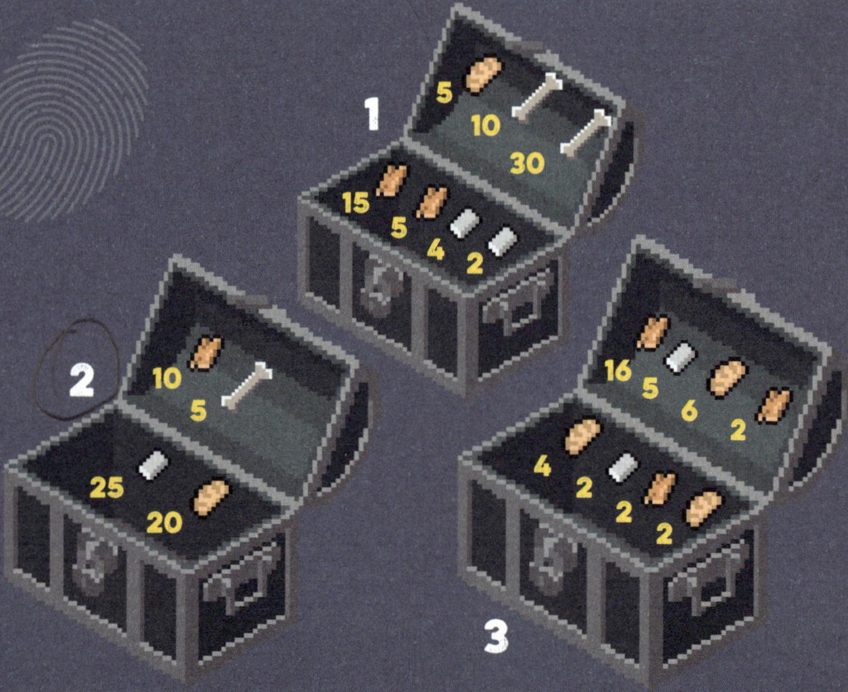

IL FAUT QUE TU PRENNES LE COFFRE N°

À LA POURSUITE D'UN CHATON

5

Tu as désormais toutes les affaires dont tu as besoin pour ton voyage. Tu sais cependant que plein de monstres rôdent dans la montagne et ses alentours. Il te faut à tout prix de quoi te protéger ! Tu as le choix entre plusieurs armures. Tu ne veux pas prendre n'importe laquelle ; cherche celle dont la durabilité est adaptée à ta mission.

**POUR CHAQUE PARTIE DE L'ARMURE, TROUVE CELLE DONT LA DURABILITÉ EST ENCADRÉE PAR LES DEUX NOMBRES INDIQUÉS.
COLORIE ENSUITE TA TENUE COMPLÈTE !**

ENQUÊTE N°1

6

À LA POURSUITE D'UN CHATON

Ça y est, tu es habillé et prêt à affronter n'importe quel monstre qui se dressera sur ton chemin ! En arrivant au pied de la montagne, tu hésites sur le chemin à prendre… C'est tellement haut !

CHAQUE CASE DE LA MONTAGNE EST LA SOMME DES DEUX CASES EN DESSOUS D'ELLE. MONTE AU SOMMET EN FAISANT TOUTES LES ADDITIONS.

7

À LA POURSUITE D'UN CHATON

Grâce à ton endurance, tu es enfin arrivé tout en haut. Tu espérais trouver des indices sur la montagne, mais tu n'as rien vu qui pourrait être utile à ton enquête.Tu t'assieds et commences à réfléchir. Peut-être que tu as démarré un peu vite... Après tout, rien ne prouve que Mimi soit parti avec le renard sur la montagne ! Hier, le chaton était encore dans la maison quand tu t'es couché à 21 h 15. Il serait peut-être bon de te repasser tous les événements de la matinée.

CALCULE LE TEMPS QU'IL T'A FALLU POUR CHACUNE DES ÉTAPES DE TA PRÉPARATION.

- Se lever : **7 H 15**
- Chercher dans la maison : **7 H 35**
- Vérifier quel autre animal est parti : **7 H 50**
- Préparer les coffres : **8 H 02**
- Enfiler l'armure : **8 H 25**
- Monter en haut de la montagne : **8 H 57**

DURÉE TOTALE : ☐ HEURE ☐ MINUTES

ENQUÊTE N°1

8 À LA POURSUITE D'UN CHATON

Maintenant que tu as bien tous les événements en tête, tu te rends compte que tu n'as jamais envisagé que Mimi pouvait être parti dans la forêt qui longe l'arrière de ta maison. Peut-être que tu pourrais te rendre là-bas ? Quoi qu'il en soit, il faut absolument que tu redescendes de la montagne rapidement, il fait un froid glacial tout là-haut !

TRIE LES MOTS SUIVANTS DANS L'ORDRE ALPHABÉTIQUE.

GLACIAL, FRAIS, GRELOTTER, GLACIER, FROID, FRAÎCHEUR, GLACÉ, FROIDURE, FRIMAS, FRIGORIFIQUE.

....

....

....

....

....

9

À LA POURSUITE D'UN CHATON

Tu te diriges désormais vers la forêt. Tu espères y trouver une trace de Mimi, car ce chaton commence à te manquer ! Mince !

À force de penser à lui, tu t'es un petit peu perdu et tu n'es plus très sûr de la route à suivre. Tu as déjà fait la moitié du parcours et, heureusement, tu te souviens que la seconde partie est exactement semblable à la première, mais en sens inverse.

DESSINE LA SYMÉTRIE DE LA PREMIÈRE PARTIE DU PARCOURS POUR RETROUVER TON CHEMIN.

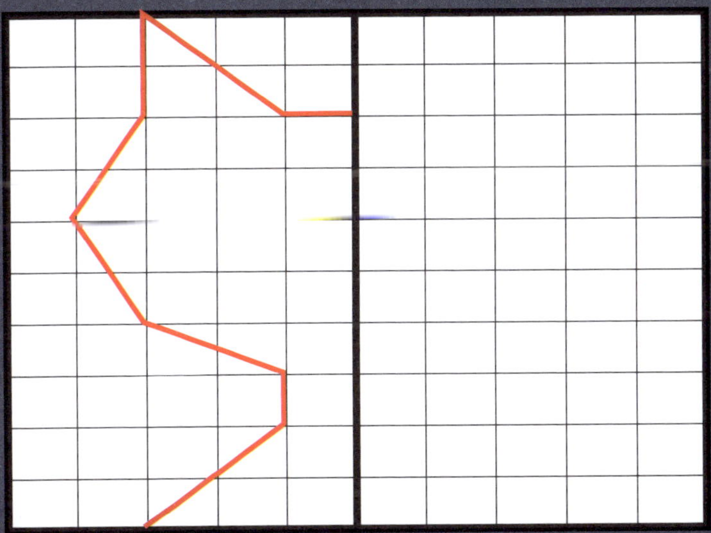

ENQUÊTE N° 1

DÉDUCTION

Tu es arrivé au cœur de la forêt et soudain, ton regard se porte sur des traces au sol.

Oh, mais ce sont des empreintes de chat ! La forêt est très dense mais tu en es maintenant persuadé, Mimi est dans les parages. Vite, il ne faut pas le laisser partir plus loin !

TROUVE LES EMPREINTES SUR CHAQUE PAGE ET NOTE LE NOMBRE DE PATTES ET LEUR COULEUR DANS LE TABLEAU.

PAGE	6	7	8	9	10
NOMBRE					
COULEUR					
PAGE	11	12	13	14	15
NOMBRE					
COULEUR					

LA DIRECTION DES DÉPLACEMENTS DE MIMI EST LA SUIVANTE

ROUGE ↑ **BLEU ←**

JAUNE ↓ **VERT →**

AFFAIRE CLASSÉE !

POUR RETROUVER MIMI, COLORIE SUR LA CARTE DE LA FORÊT LE CHEMIN QU'IL A PRIS JUSQU'À SA CACHETTE. CHAQUE COULEUR CORRESPOND À UNE DIRECTION ET LE NOMBRE DE TRACES CORRESPOND AU NOMBRE DE CASES À REMPLIR.

Enfin ! Tu as retrouvé Mimi et l'as attiré avec le poisson pour qu'il revienne dans tes bras. Tu vas pouvoir le ramener à la maison et jouer avec lui.

ENQUÊTE N°1

ENQUÊTE N°2

DÉMASQUER L'ESPION

Depuis plusieurs semaines, tu travailles dans une équipe qui programme des jeux vidéo. Malheureusement, tu viens de découvrir sur Internet qu'une autre équipe a eu la même idée que vous pour leur prochain jeu !
Il y a trop de similarités pour ce soit une simple coïncidence : il doit forcément y avoir un espion qui transmet des informations à l'équipe concurrente. Il te faut absolument trouver de qui il s'agit avant de continuer à travailler sur ce nouveau jeu !

L'espion a sans doute laissé des traces de son passage... Tu pourras certainement en apprendre plus dans la salle de surveillance !

DÉMASQUER L'ESPION

1

Tu te diriges rapidement vers la salle de surveillance quand, tout à coup, la lumière s'éteint dans le couloir ! Cette fois-ci, tu en as le cœur net : l'espion sait que tu es sur sa piste et a certainement saboté l'électricité. Tu prends ta lampe de poche et te diriges vers l'armoire électrique pour la réparer. Oh non, les câbles sont tout emmêlés ! Tes minces connaissances en électricité te permettront peut-être de résoudre ce problème...

RETROUVE LES CÂBLES ÉLECTRIQUES QUI SONT PARALLÈLES ENTRE EUX. REPASSE DESSUS EN ROUGE POUR LES IDENTIFIER.

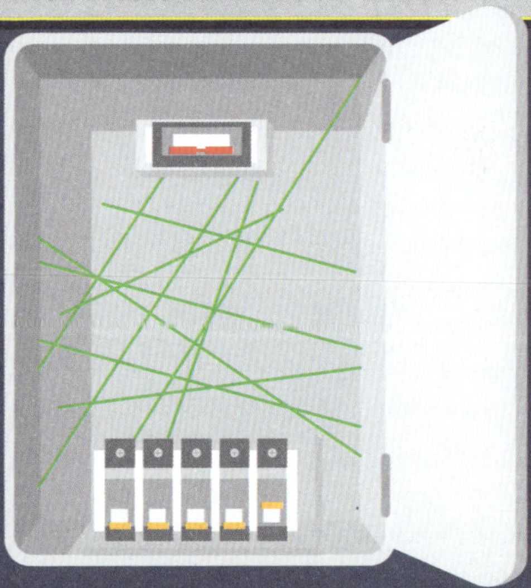

NOTE LE NOMBRE DE CÂBLES QUE TU AS TROUVÉ, SUIVI DE LA PREMIÈRE LETTRE DU MOT CÂBLE :

ENQUÊTE N°2

DÉMASQUER L'ESPION

2

L'électricité est enfin rétablie ! Tu vas pouvoir continuer ton enquête. En avançant encore dans le couloir, tu rencontres un autre membre de l'équipe, Paul. Peut-être a-t-il remarqué quelqu'un de suspect ? Vous vous parlez un peu avant que tu ne lui demandes s'il a croisé un intrus.

TROUVE L'INTRUS DANS CHACUNE DES SUITES DE MOTS ET ENTOURE-LE.

- **Espion, traître, félon, fidèle, saboteur.**

- **Erreur, faute, exploit, défaut, infraction.**

- **Réalité, vérité, fidélité, franchise, mensonge.**

ÉCRIS LE NOMBRE DE MOTS DANS CHAQUE SUITE ET LA PREMIÈRE LETTRE DU DERNIER MOT INTRUS :

DÉMASQUER L'ESPION

3

Paul t'a donné des informations précieuses ! Il a remarqué un intrus avec un comportement étrange un peu plus tôt dans la journée. Pour pouvoir vérifier de tes propres yeux ce qu'il vient de te raconter, tu te précipites vers la salle de surveillance. Sur le chemin, tu trouves une carte d'accès. Tu ne sais pas à qui elle est, mais tu vas peut-être le découvrir grâce au numéro de l'employé !

ÉCRIS LES NOMBRES SUIVANTS EN CHIFFRES.

Deux cent soixante-quinze :

Mille vingt-huit :

Cinq cent quatre-vingts :

Quatre cent quarante-quatre :

Six cent cinquante-sept :

COMBIEN Y A-T-IL DE FOIS LE CHIFFRE 4 DANS LES RÉPONSES ? ÉCRIS LE NOMBRE ET LA PREMIÈRE LETTRE DU CHIFFRE 4 LORSQU'IL EST ÉCRIT EN TOUTES LETTRES :

DÉMASQUER L'ESPION

4

Te voilà enfin devant les caméras. Avant de pouvoir les consulter, il faut absolument sauvegarder les fichiers importants. Comme ça, même si l'espion tente de pirater l'ordinateur, tu ne perdras aucune information ! Tu regardes l'heure au début de la sauvegarde, puis de nouveau après la copie de chaque fichier.

POUR CHAQUE HORLOGE, ÉCRIS L'HEURE CORRESPONDANTE EN CHIFFRES.

H

H

H

H

COMPTE LE NOMBRE D'HORLOGES PUIS ÉCRIS LA QUATRIÈME LETTRE DU MOT « HORLOGE » :

5

DÉMASQUER L'ESPION

À la fin de la sauvegarde, tu te rends compte qu'il manque un fichier. Mince ! C'est le plus important, celui qui répertorie toutes vos nouvelles idées ! Comme tu t'en doutais, l'espion a bien essayé de saboter votre programme. Le document doit être caché quelque part, mais tous les fichiers sont maintenant mélangés...

TRIE LES MOTS SUIVANTS DANS L'ORDRE ALPHABÉTIQUE ET ENTOURE ENSUITE LE SEPTIÈME MOT.

ENREGISTRER, ENREGISTREMENT, EMPILER, ENTRE, EMMENER, ÉLIMINER, ENTREPRISE, EMMÊLER, ENLISER

....

....

....

....

....

INDIQUE LE NOMBRE DE MOTS DANS LA SÉRIE ET LA TROISIÈME LETTRE DU SEPTIÈME MOT :

ENQUÊTE N°2

DÉMASQUER L'ESPION

6

Tu as retrouvé le document contenant vos idées dans la corbeille. L'espion essayait de le supprimer ! Maintenant que tous les fichiers sont bien enregistrés, il faut que tu redémarres l'ordinateur. Pour cela, il faut entrer le code de démarrage, mais tu l'as oublié... Peut-être a-t-il un rapport avec le graphique affiché à côté de l'ordinateur ?

LE CODE EST ÉGAL À L'OPÉRATION SUIVANTE :
DESSINS DU NIVEAU 1 + PHOTOS DU NIVEAU 4 + DESSINS DU NIVEAU 3.

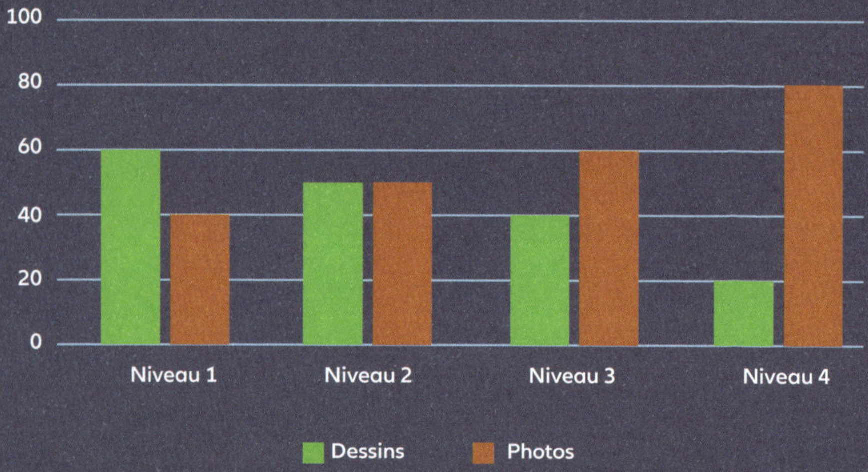

ÉCRIS LE NOMBRE DE BARRES DANS LE GRAPHIQUE ET LA TROISIÈME LETTRE DU MOT NIVEAU :

7

DÉMASQUER L'ESPION

Ça y est, tu as redémarré l'ordinateur et peux désormais accéder aux caméras de surveillance ! Tu ouvres le plan des bureaux et essaies de te repérer pour voir où est passé l'espion.

À PARTIR DES INDICES DONNÉS PLUS TÔT PAR PAUL, INDIQUE AVEC DES CROIX LES ENDROITS PAR LESQUELS L'ESPION EST PASSÉ ET DESSINE SON CHEMIN.

- L'espion est passé dans la petite salle de réunion avec la table ronde.
- L'espion s'est assis sur la chaise la plus à gauche de l'ensemble de trois bureaux.
- L'espion a déplacé la plante verte de la salle de repos à droite des toilettes.

8

DÉMASQUER L'ESPION

Là, voici l'espion ! Tu viens de le repérer sur l'une des caméras de surveillance. Tu te lances à sa poursuite en lui criant de s'arrêter. Il faut absolument que tu le rattrapes !

CALCULE LE TEMPS QUE MET L'ESPION À PASSER DANS CHAQUE PIÈCE ET LE TEMPS QUE TU METS.

PIÈCE	PERSONNE	ENTRÉE	SORTIE	TEMPS
COULOIR	ESPION	10 H 15	10 H 23	
COULOIR	TOI	10 H 16	10 H 25	
CUISINE	ESPION	10 H 25	10 H 44	
CUISINE	TOI	10 H 27	10 H 45	
ENTREPÔT	ESPION	10 H 45	10 H 57	
ENTREPÔT	TOI	10 H 46	11 H 00	
RÉUNION	ESPION	10 H 59	11 H 14	
RÉUNION	TOI	11 H 02	11 H 15	

ÉCRIS LE NOMBRE DE PIÈCES QUE TU AS TRAVERSÉES ET LA SIXIÈME LETTRE DE LA PREMIÈRE PIÈCE :

DÉMASQUER L'ESPION

9

Oh non ! Tu as été rapide, mais malheureusement pas assez pour rattraper l'espion : il t'a filé entre les doigts... En rebroussant chemin, tu remarques un objet sur le sol. C'est l'un des gants de l'espion ! Il a dû le perdre dans la course-poursuite ! Tu vas pouvoir tenter de l'identifier grâce à cela : il te suffit de mesurer chaque doigt avec précision.

ÉCRIS L'ÉQUIVALENCE EN CENTIMÈTRES POUR CHAQUE DOIGT.

POUCE : 45 MM = ______ **CM**

INDEX : 0,72 DM = ______ **CM**

MAJEUR : 0,8 DM + 2 MM = ______ **CM**

ANNULAIRE : 0,2 DM + 3 CM + 23 MM = ______ **CM**

AURICULAIRE : 51 MM = ______ **CM**

INSCRIS LE NOMBRE DE DOIGTS DU GANT ET LA QUATRIÈME LETTRE DU NOM DU TROISIÈME DOIGT :

______

ENQUÊTE N°2

ENQUÊTE 2

DÉDUCTION

Maintenant que tu as le gant, et en y réfléchissant de plus près, tu as amassé plusieurs indices tout au long de ton enquête. Tu peux certainement démasquer l'espion !

REPLONGE DANS TES SOUVENIRS ET RENSEIGNE CHAQUE ÉLÉMENT DANS LE TABLEAU CI-DESSOUS. CHAQUE COMBINAISON DE LETTRES ET DE CHIFFRES CORRESPOND À UN MEMBRE DE L'ÉQUIPE.

PAGE	19	20	21	22
CHIFFRE				
LETTRE				

PAGE	23	24	26	27
CHIFFRE				
LETTRE				

AFFAIRE CLASSÉE !

TU AS MAINTENANT LA LISTE DES COMBINAISONS DES MEMBRES DE TON ÉQUIPE. IL NE TE RESTE PLUS QU'À VÉRIFIER QUI N'EN FAIT PAS PARTIE ; IL S'AGIRA FORCÉMENT DE L'ESPION !

L'ESPION EST LA PERSONNE N° ____

Bravo, tu as démasqué l'espion ! Toi et ton équipe allez pouvoir continuer à créer votre jeu génial, sans aucune concurrence !

ENQUÊTE N°2

ENQUÊTE N° 3

TROUVER LES BUGS

Tu programmes en ce moment un jeu vidéo génial. Comme il est bientôt terminé, tu devrais peut-être vérifier que tout le scénario se déroule comme prévu. Tu attrapes donc ta manette, mets ton casque sur tes oreilles et lances le programme. Tout commence bien, tu te bats contre les monstres et résous les problèmes qui sont posés à ton personnage.

Tout à coup, le jeu s'arrête au beau milieu d'un dialogue. Tu touches aux boutons de la manettes, tapes des commandes sur ton clavier, mais rien n'y fait. Tu es face à un bug ! Que faire ? Tu ne peux pas t'arrêter si près du but...

IL FAUT QUE TU REPRENNES TOUT LE PROGRAMME À ZÉRO POUR TROUVER L'ERREUR ET POUVOIR TERMINER LE JEU.

TROUVER LES BUGS

1

Il faut d'abord vérifier que tous les fichiers sont présents. Il y a en a beaucoup pour créer le jeu : ceux du programme, des images et enfin des sons.

POUR CHAQUE DOSSIER, INDIQUE LE NOMBRE TOTAL DE FICHIERS ET ENTOURE LA BONNE RÉPONSE PARMI LES PROPOSITIONS.

Il faut 352 fichiers de programme.

Il y en a donc (*trop peu, le bon nombre, trop*).

Il faut 422 fichiers de sons.

Il y en a donc (*trop peu, le bon nombre, trop*).

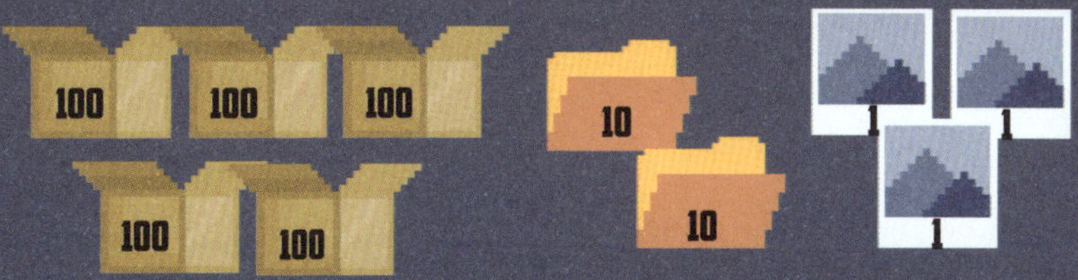

Il faut 519 fichiers d'images.

Il y en a donc (*trop peu, le bon nombre, trop*).

ENQUÊTE N°3

TROUVER LES BUGS

2

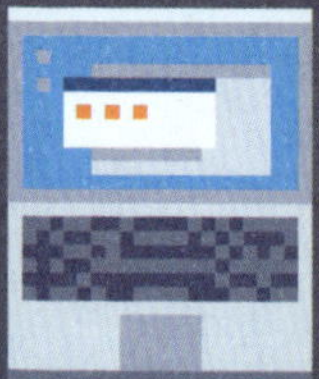

Victoire, tu as bien trouvé des erreurs dans les fichiers ! Il faudrait maintenant vérifier le tableau qui associe les images et les sons. Tu ouvres le tableau... Mince ! Il y a des cases vides : certaines données se sont effacées ! Il faut absolument que tu le complètes, sinon tu ne pourras pas avancer dans la résolution de ce bug.

COMPLÈTE LE TABLEAU EN UTILISANT LES INDICES ET EN FAISANT DES CALCULS.

- Dans le niveau 1, il y a 15 images et 23 sons pour un total de 38 fichiers.
- Dans le niveau 2, il y a 24 images.
- Dans le niveau 4, il y a 11 sons.

	IMAGES	SONS	TOTAL
NIVEAU 1	15	23	38
NIVEAU 2		18	
NIVEAU 3	32		65
NIVEAU 4			21
TOTAL	81		

TROUVER LES BUGS

3

C'est bon, le tableau est de nouveau complet ! Les 4 niveaux du jeu désormais vérifiés, il ne faudrait pas que tu perdes ton travail. Tu décides de tout sauvegarder... et ça te prend beaucoup plus de temps que prévu !

CALCULE LE TEMPS DE SAUVEGARDE DE CHAQUE ÉTAPE, PUIS LA DURÉE TOTALE DE L'ENREGISTREMENT.

DÉBUT DE LA SAUVEGARDE À 13 H 45.

FIN DE LA SAUVEGARDE DES FICHIERS DE PROGRAMME À 13 H 56.

FIN DE LA SAUVEGARDE DES FICHIERS DE SONS À 14 H 06.

FIN DE LA SAUVEGARDE DES FICHIERS D'IMAGES À 14 H 21.

DURÉE DE LA SAUVEGARDE DU PROGRAMME : ______ MINUTES.

DURÉE DE LA SAUVEGARDE DES FICHIERS DE SONS : ______ MINUTES.

DURÉE DE LA SAUVEGARDE DES FICHIERS D'IMAGES : ______ MINUTES.

DURÉE TOTALE DE LA SAUVEGARDE : ______ MINUTES.

TROUVER LES BUGS

4

La sauvegarde est enfin terminée ! Tu vas pouvoir te mettre en quête de ce qui ne va pas. En reprenant l'un des fichiers, tu remarques que certains mots ne sont pas à leur place. Étrange...

POUR CHAQUE SÉRIE DE MOTS, ENTOURE L'INTRUS.

Chat, chien, oiseau, arbre, poisson, tigre, mouche, araignée.

Ordinateur, téléphone, clavier, écran, crayon, imprimante.

Kiwi, orange, bleu, vert, jaune, rouge.

Horloge, chaise, table, tableau, aiguille, couverture.

Faire, prendre, savoir, amer, connaître.

5

TROUVER LES BUGS

Étant donné que tu as trouvé certains mots qui n'étaient pas à leur place, peut-être les fichiers des images ont-ils la même anomalie ? Bingo ! Certaines figures géométriques ne sont pas bien rangées non plus !

COMPTE LE NOMBRE DE FIGURES GÉOMÉTRIQUES ET INSCRIS LEURS LETTRES DANS LES CASES EN DESSOUS.

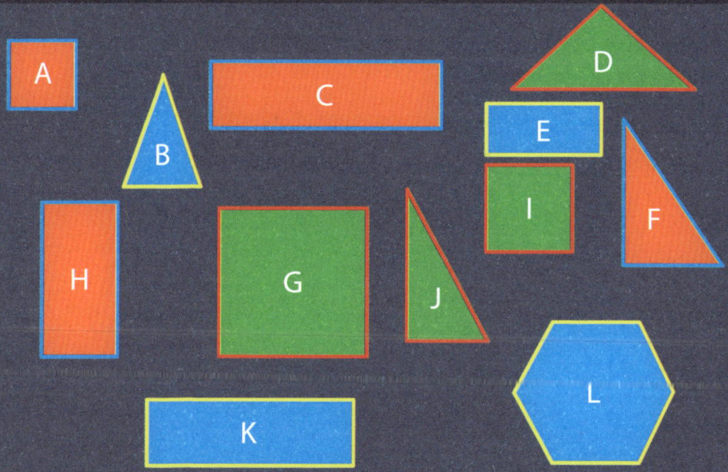

COMBIEN Y A-T-IL DE CARRÉS ?

COMBIEN Y A-T-IL DE TRIANGLES ?

COMBIEN Y A-T-IL DE RECTANGLES ?

ENQUÊTE N°3

TROUVER LES BUGS

6

Les fichiers sont tous bien en ordre mais le bug est toujours là... Il est apparu récemment ; donc tu pourrais comparer les nouveaux fichiers aux anciens pour voir ce qui a changé ! Bien entendu, tu as plusieurs sauvegardes de chaque fichier, mais tu as oublié de les numéroter : tu n'arrives plus à distinguer la plus récente de la plus ancienne ! Heureusement, tu ranges tout dans des boîtes et tu sais que la plus légère est la plus ancienne et la plus lourde, la plus récente.

TRIE LES BOÎTES SELON LEUR POIDS DANS L'ORDRE CROISSANT, PUIS ENTOURE LA PLUS LÉGÈRE.

TROUVER LES BUGS

7

Maintenant que tu sais quelle est la sauvegarde la plus récente, tu vas pouvoir l'ouvrir. Oh non, elle est protégée par un mot de passe ! Heureusement, tu avais laissé des indices pour le retrouver.

CALCULE LES ADDITIONS SUIVANTES ; LE MOT DE PASSE EST LE TOTAL LE PLUS ÉLEVÉ QUE TU AURAS TROUVÉ À CES ADDITIONS.

234 + CENT VINGT-SEPT
+ DOUZE + 99 =

SOIXANTE-HUIT + 76
+ TROIS + CENT SEPT =

TROIS CENT TRENTE-TROIS + 24
+ QUATRE-VINGT-DIX + 16 =

14 + QUARANTE
+ CINQUANTE-TROIS + 22 =

LE MOT DE PASSE EST :

ENQUÊTE N°3

8

TROUVER LES BUGS

Ça y est, tu as réussi à ouvrir la sauvegarde, tu vas pouvoir comparer les fichiers sans problème.

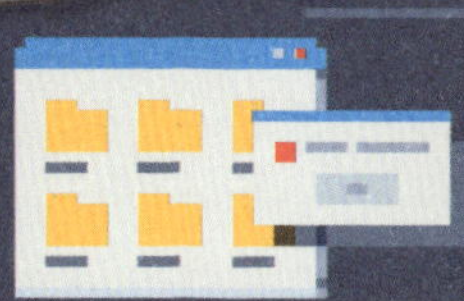

SUIS LES INDICATIONS ET REPLACE TOUS LES FICHIERS DANS LE TABLEAU.

- Le fichier 3 est au-dessus du fichier 2.
- Le fichier 5 est au centre.
- Le fichier 4 est à droite du fichier 2 et à gauche du fichier 6.
- Le fichier 9 est dans un coin.
- Le fichier 1 est à côté du fichier 7.
- Le fichier 8 est sous le fichier 7 et au-dessus du fichier 6.
- Le fichier 9 et le fichier 6 ne se touchent pas.
- La somme des fichiers de la première ligne est égale à 17

AVEC LES INDICES CI-DESSUS, COMPLÈTE LE TABLEAU.

TROUVER LES BUGS

9

Enfin ! Tu as réussi à tout ranger et trier : tous les fichiers sont à leur place et tu es presque au bout de tes peines. Mais le bug est toujours là ! Tu remarques alors que l'un des fichiers semble corrompu. Cela doit venir de mots mal placés !

RANGE LA LISTE SUIVANTE DANS L'ORDRE INVERSE DE L'ORDRE ALPHABÉTIQUE (COMMENCE PAR Z ET TERMINE PAR A).

KOALA, YOGA, GUÉPARD, BOCAL, VOITURE, UTILE,

SORTIE, ZÉRO, LAMPE, IGUANE, NOIR, COURS, FEU,

HORLOGE, WAGON, JUGE, RÉCIPIENT, DALLE, POMME,

TRAMPOLINE, ARBRE, OURS, MALCHANCE, QUANTITÉ,

XYLOPHONE, ÉTINCELLE.

....

....

....

....

....

....

ENQUÊTE N°3

ENQUÊTE N°3

DÉDUCTION

Maintenant que les fichiers sont bien propres, le bug ne devrait plus être trop difficile à trouver. Sur la page suivante, tu as un tableau avec tous les mots qui peuvent créer le bug dans ton jeu vidéo.

ÉCRIS LES RÉPONSES DES PHRASES CI-DESSOUS ET RAYE ENSUITE LES MOTS QUI SONT ÉCRITS DANS LE TABLEAU SUR LA PAGE SUIVANTE.

- Sur la page 31, reprends le nombre de fichiers d'images représentés et écris-le en toutes lettres :
- Sur la page 32, retrouve le nombre de fichiers de sons du deuxième niveau et écris-le en toutes lettres :
- Sur la page 33, retrouve la durée de la sauvegarde des fichiers de programme et écris-la en toutes lettres :
- Sur la page 34, retrouve le troisième et le cinquième intrus :
- Sur la page 35, indique quelle figure n'est présente qu'en trois exemplaires :
- Sur la page 39, retrouve le deuxième et l'avant-dernier mots que tu as écrits :

AFFAIRE CLASSÉE !

RAYE CHAQUE MOT PRÉSENT DANS LA PAGE CI-CONTRE
ET TROUVE LE MOT QUI CRÉAIT LE BUG.

YOGA	CINQ CENT VINGT-TROIS	KIWI
HORLOGE	CARRÉ	ONZE
AMER	BOCAL	DIX-HUIT

TU AS TROUVÉ LE BUG !
TU VAS POUVOIR TERMINER TON JEU VIDÉO
ET BATTRE L'ENSEMBLE DES ENNEMIS
QUE TU CROISERAS SUR TON CHEMIN !

ENQUÊTE N° 4

ÉCHAPPER AU GARDIEN

Tu viens de lancer une nouvelle partie de Minecraft et décides d'aller en exploration dans la nouvelle version. Tu sais qu'il y a beaucoup de nouveautés : des minerais, des créatures hostiles ou non et d'autres blocs. Tu ne sais pas exactement à quoi t'attendre, car tu n'as pas voulu trop en savoir avant de te lancer dans l'aventure.

Tu quittes tes amis et pars en direction des cavernes. Tu as hâte d'entreprendre ce périple !

PEUT-ÊTRE TROUVERAS-TU MÊME UN COFFRE AU TRÉSOR !

ÉCHAPPER AU GARDIEN

1

En arrivant près de la montagne, tu remarques l'entrée d'une caverne. Tu entres prudemment et découvres un paysage magnifique. Sur le mur du fond, tu aperçois du charbon. Parfait, c'est une ressource dont tu as régulièrement besoin. Tu décides d'en extraire.

CALCULE TA RÉCOLTE DE CHARBON EN FAISANT LES MULTIPLICATIONS SUIVANTES.

64 × 5 =

70 × 7 =

100 × 21 =

45 × 9 =

67 × 8 =

23 × 4 =

ENQUÊTE N°4

2

ÉCHAPPER AU GARDIEN

Maintenant que tu as récupéré plein de charbon, tu décides de t'aventurer plus loin dans la caverne. Peut-être que tu y trouveras d'autres ressources... plus rares !

Tu t'enfonces dans les profondeurs de la grotte. Si tu as trouvé du charbon, c'est qu'il y a certainement du fer. Ta pioche tiendra-t-elle assez longtemps pour que tu puisses en récupérer ?

TA PIOCHE S'ABÎME À CHAQUE FOIS QUE TU RÉCOLTES UN MINERAI DE FER. QUAND TU AS RECUEILLI 28 MINERAIS DE FER, TU VOIS QU'ELLE EST CASSÉE D'UN QUART. QUAND ELLE SERA TOTALEMENT DÉTRUITE, COMBIEN DE MINERAIS DE FER AURAS-TU RÉCOLTÉS ?

LA PIOCHE SERA CASSÉE APRÈS ________ MINERAIS.

IL FAUT MAINTENANT FAIRE CUIRE LE FER. POUR CELA, TU SAIS QU'UN MORCEAU DE CHARBON PERMET DE FAIRE CUIRE 8 MINERAIS DE FER. DE COMBIEN DE CHARBON AS-TU BESOIN POUR FAIRE CUIRE TOUS LES MINERAIS ? (INDICE : IL T'EN FAUT PLUS DE 10.)

IL TE FAUT ________ MORCEAUX DE CHARBON POUR FAIRE CUIRE L'ENSEMBLE DE TON FER.

ÉCHAPPER AU GARDIEN

3

Tu as creusé un long moment, et tu t'es enfoncé bien plus loin dans la caverne. Même si tu as placé des torches un peu partout, tu ne retrouves plus ton chemin... Soudain, tu entends un bruit étrange. Serait-ce le gardien de la grotte ? Vite ! Il ne faut pas qu'il t'attrape !

POUR T'ÉLOIGNER DU GARDIEN, TROUVE LE CHEMIN VERS LA SORTIE EN ENTOURANT LES MOTS QUI NE FONT PAS PARTIE DU CHAMP LEXICAL DU BRUIT OU DU SON.

	GROGNEMENT	CRI	VOIX
HUMAINEMENT	GRONDEMENT	BRUIT	RIRE
GROGNON	RIMER	SON	
SILENCE	GROSEILLE	GRINCEMENT	GRIGNOTER
CHUCHOTEMENT	TRAVAILLER	GRIMACE	VACANCES
HURLEMENT	RICANEMENT	SONNERIE	VACARME

32

ENQUÊTE N°4

ÉCHAPPER AU GARDIEN

4

Tu as réussi à t'échapper, mais tu es perdu !

Tu prends ta boussole et tu touches les murs autour de toi. Il y a un mur au nord, un à l'est et un au sud, et tu n'as que la possibilité de partir vers l'ouest : c'est ta position de départ. Place une étoile à cet endroit, puis suis ces indications.

Tu fais 2 pas vers l'ouest, puis 2 pas vers le nord, ensuite 4 pas vers l'est, 2 au sud et encore 2 à l'est.

PLACE UN CERCLE À L'ENDROIT OÙ TU ES ARRIVÉ.

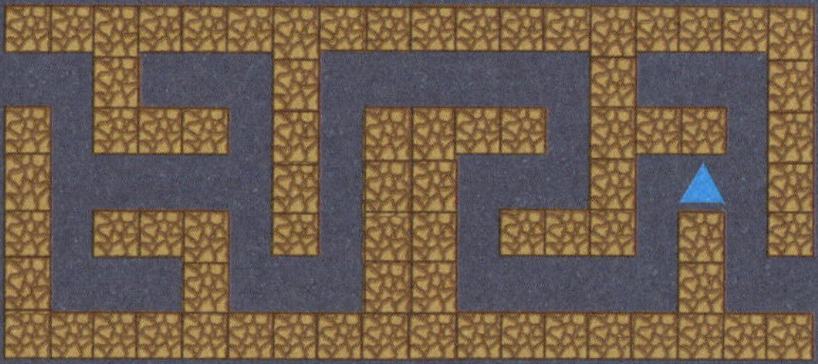

TU VEUX ALLER JUSQU'AU TRIANGLE POUR SORTIR DE LA CAVERNE. ÉCRIS LES ÉTAPES SUIVANTES.

1. ______ PAS VERS LE NORD
2. ______ PAS VERS ______
3. ______ PAS VERS ______
4. ______ PAS VERS ______
5. ______ PAS VERS ______
6. ______ PAS VERS ______
7. ______ PAS VERS ______
8. ______ PAS VERS ______

5 ÉCHAPPER AU GARDIEN

Tu vois enfin la sortie de cette caverne et en plus, tu as retrouvé tes torches ! Mais au loin, tu vois la silhouette du gardien qui rôde et te cherche certainement. Il faut que tu trouves un moyen de lui échapper ! Un ami t'a dit un jour que ce genre de créatures n'aimaient pas prendre des virages à angle droit. Peut-être que ça pourrait te permettre de le semer ?

REPASSE DE LA MÊME COULEUR TOUTES LES DROITES PERPENDICULAIRES ENTRE ELLES POUR ÉCHAPPER AU GARDIEN.

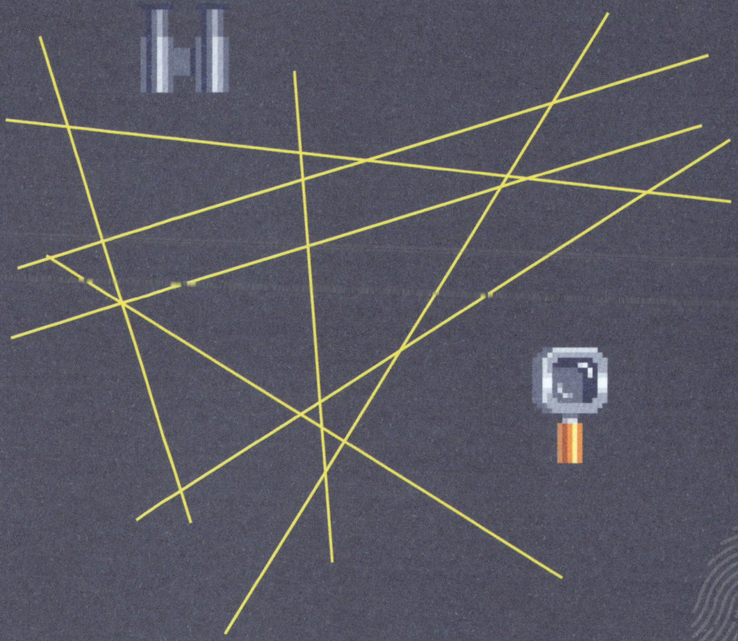

20

ENQUÊTE N°4

ÉCHAPPER AU GARDIEN

6

Tu as réussi à t'échapper, mais le gardien n'est pas bien loin. Tu dois absolument trouver un moyen de sortir de la caverne. Après quelques pas, tu remarques un chemin qui remonte. Peut-être que la sortie est par là !

COMPLÈTE L'ESCALIER TE PERMETTANT DE REMONTER VERS LA SORTIE. À CHAQUE MARCHE, TU DOIS TROUVER UN MOT AVEC LES LETTRES DU MOT PRÉCÉDENT ET LA NOUVELLE LETTRE, COMME SUR L'EXEMPLE.

____

________ S + R

________ + R

V ______ S + U

V ______ S + E

LEVIS + L

VISE + L

7 ÉCHAPPER AU GARDIEN

Zut ! Le gardien t'a entendu et t'a suivi ; il est juste à côté de toi ! Comment vas-tu faire pour lui échapper cette fois ? Tout ce que tu sais c'est qu'il n'aime pas le bruit.

POUR T'EN SORTIR, À CHAQUE CROISEMENT, CHOISIS LE CHEMIN DONT LE NOMBRE EST LE PLUS PETIT.

	10,2		9,95		9,82		5,87	
102		10,0		9,57		5,68		4,12
	9,1		9,40		9,60		2,23	
8,54		9,07		9,43		5,21		4,2
	8,9		9,1		5,3		5,201	
10,5		8,14		7,85		6,522		4,024
	8,1		8,03		7,805		6,524	
100		8,12		8		6,55		3,228
	7,51		8,13		6,87		3,6	

70

8

ÉCHAPPER AU GARDIEN

LEVEL UP!

En faisant le moins de bruit possible, tu as enfin réussi à trouver un chemin qui mène vers la sortie. Avant de courir vers la lumière du soleil, il faut que tu t'assures que le gardien n'est pas sur tes traces.

POUR NE PAS FAIRE DE BRUIT, TU TE FAUFILES EN PARCOURANT UN MÈTRE TOUTES LES 3 SECONDES. IL Y A 42 MÈTRES JUSQU'À LA SORTIE.

COMBIEN DE SECONDES METS-TU POUR ARRIVER À LA SORTIE ?

______ SECONDES

COMBIEN DE TEMPS CELA FAIT EN MINUTES/SECONDES ?

______ MINUTES ET ______ SECONDES

LE GARDIEN, LUI, PEUT ALLER BEAUCOUP PLUS VITE :
IL PARCOURT 2 MÈTRES TOUTES LES SECONDES.
IL A BESOIN DE COURIR SUR 300 MÈTRES POUR TE RATTRAPER.

COMBIEN DE SECONDES METTRA-T-IL POUR TE RATTRAPER ?

______ SECONDES

COMBIEN DE TEMPS CELA FAIT EN MINUTES/SECONDES ?

______ MINUTES ET ______ SECONDES

9 ÉCHAPPER AU GARDIEN

Super, tu as réussi à échapper au gardien de la grotte ! Tu décides tout de même d'être prudent et de reboucher l'entrée de la caverne avec des pierres pour l'empêcher de sortir et de te suivre jusque chez toi.

CHOISIS À CHAQUE FOIS LA PIERRE QUI EST PLACÉE EXACTEMENT ENTRE LES DEUX AUTRES.

1 256 G — 1 256 HG — 1 256 DG

1 KG < ______ < 1,5 KG

114,1 CG — 114,1 DG — 114,1 HG

10 G < ______ < 12 G

165 DAG — 165 HG — 165 G

1,5 HG < ______ < 1,7 HG

1 034 DG — 103,4 DG — 10,34 DG

100 G < ______ < 10 500 CG

8,222 KG — 82,22 KG — 821,3 G

8 123 G < ______ < 8 321 G

66

ENQUÊTE N°4

ENQUÊTE N° 4

DÉDUCTION

Tu as réussi à bloquer la sortie de la caverne ! Le gardien ne devrait pas parvenir à te suivre. Tu retrouves tes amis et leur racontes ton long périple. Mais comment leur expliquer exactement quel chemin tu as pris ?

NOTE DANS LE TABLEAU LES NUMÉROS INDIQUÉS SUR LES BLOCS DANS LES PAGES PRÉCÉDENTES.

PAGE	43	44	45	47
NUMÉRO				

PAGE	48	49	50	51
NUMÉRO				

AFFAIRE CLASSÉE !

SUR LE GRAPHIQUE SUIVANT, DESSINE TON PÉRIPLE DANS LES CAVERNES EN UTILISANT CHAQUE NOMBRE COMME LA HAUTEUR DE L'UNE DES ÉTAPES DU VOYAGE.

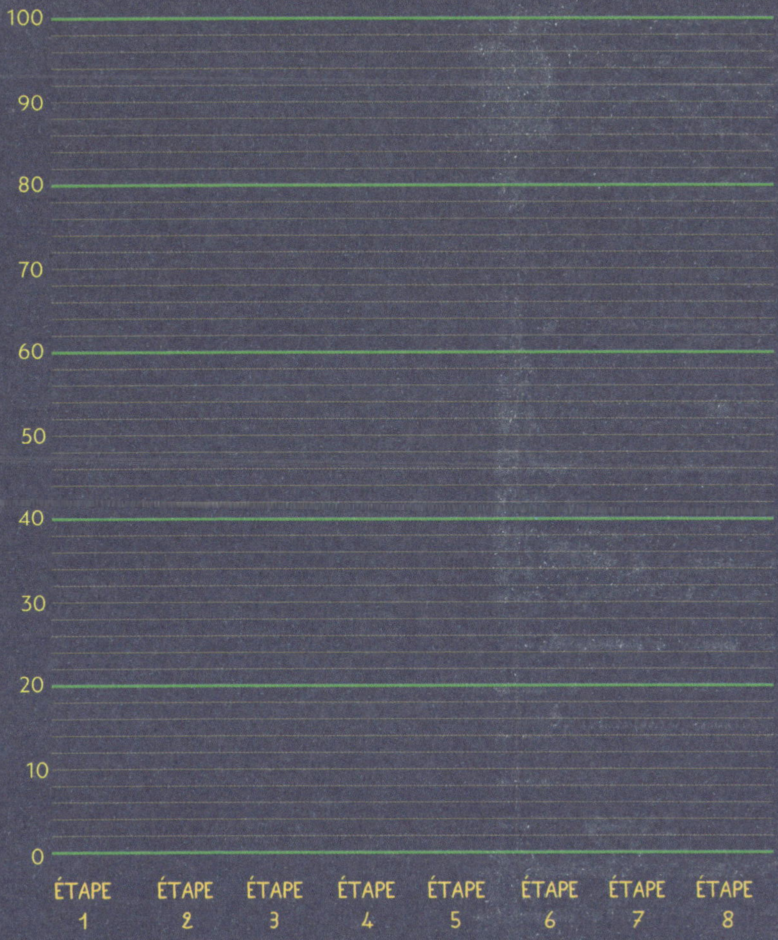

ENQUÊTE N°4

ENQUÊTE N° 5

UN ANNIVERSAIRE QUI TOURNE MAL

Tu es invité à un goûter d'anniversaire. Juste avant de manger le gâteau, vous décidez de jouer à un nouveau jeu vidéo. C'est un jeu en réalité virtuelle avec un casque qui vous plonge directement dans le jeu.

Lorsque tu mets ton casque, tu découvres un nouvel univers. Devant toi, se trouve un vieil homme avec une longue barbe blanche. Il vous fait signe de reculer, mais ton ami n'en fait qu'à sa tête et se met à avancer ! Tu ne peux pas le laisser tout seul... tu décides donc d'avancer à ton tour et, rapidement, tous tes amis suivent le pas. Le vieil homme soupire. Tout cela n'augure rien de bon. Avec la réalité virtuelle, tu as l'impression que vous n'êtes plus vraiment en train de jouer...

VOUS ÊTES VRAIMENT DANS LE JEU !

1

UN ANNIVERSAIRE QUI TOURNE MAL

Le vieil homme se présente : « Jeunes aventuriers, bonjour. Je suis le Maître du jeu. Quelle idée vous avez eu de vous approcher ; je vous indiquais pourtant de reculer ! Malheureusement vous êtes désormais prisonniers du jeu ! » À ces mots, tu tentes de quitter le jeu, mais en vain ! Le Maître du jeu reprend : « Il faut mériter votre départ. En résolvant toutes mes énigmes, je vous indiquerai la sortie. Pour entrer dans la première salle du jeu, commencez par vous ranger, je déteste le désordre ! »

CLASSE LES AVENTURIERS DU PLUS PETIT AU PLUS GRAND.

ANGE
1,24 M

NATUREGIRL
127 CM

PRINCESSE
1,14 M

MOUSTIK
1 123 MM

MASQUÉ
131 CM

PETITCŒUR
12,3 DM

SUPERBOY
13,0 DM

GUERRIÈRE
1 301 MM

....

....

....

ENQUÊTE N°5

2

UN ANNIVERSAIRE QUI TOURNE MAL

Le vieil homme à la barbe blanche vous laisse entrer dans une salle. Tu découvres plein d'objets de formes différentes qui flottent dans l'air. Tout cela est bien étrange… Le Maître du jeu vous regarde en souriant et vous annonce : « Il est très simple de sortir de cette salle. Il vous suffit de compter les formes ! »

INDIQUE DANS LE TABLEAU CI-DESSOUS LE NOMBRE DE FORMES PRÉSENTES.

CARRÉ :	TRIANGLE :	CERCLE :
LIGNE DROITE :	CROIX :	AUTRES FORMES :

UN ANNIVERSAIRE QUI TOURNE MAL

3

Victoire, vous avez réussi à tout compter ! Vous accédez à la pièce suivante. Tu remarques rapidement une épée tout en haut d'un large escalier. Difficile de ne pas la voir, elle est étincelante ! Sur chaque marche de l'escalier, il y a des calculs indiqués. Cette épée pourrait vous servir d'arme dans le jeu : il serait peut-être bon de la récupérer…

POUR MONTER RÉCUPÉRER L'ÉPÉE, RÉSOUS LE CALCUL INDIQUÉ SUR CHAQUE MARCHE.

8 236 - 381 = ______

61 × 7 = ______

543 + 323 = ______

706 × 5 = ______

658 - 261 = ______

46 × 4 = ______

463 + 281 = ______

ENQUÊTE N°5

4 UN ANNIVERSAIRE QUI TOURNE MAL

Tout le groupe a atteint le sommet de l'escalier. Vous mettez chacun une main sur le pommeau de l'épée, vous réussissez à la déloger et à la récupérer. Vous avez désormais de quoi vous défendre !

Une fois de retour au pied de l'escalier, tu essaies de tirer la porte pour repartir. Elle est bloquée ! Le Maître du jeu apparaît :

« Si vous voulez passer la porte, il vous faudra écrire en toutes lettres les nombres inscrits en chiffres. »

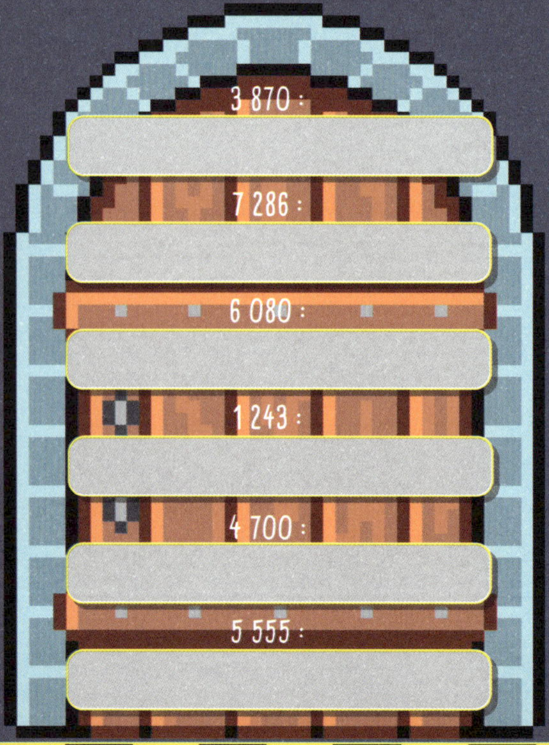

UN ANNIVERSAIRE QUI TOURNE MAL

5

« Félicitations, aventuriers ! Vous avez réussi à passer les premières épreuves. »

Le Maître du jeu a l'air très heureux et vous félicite chaleureusement. Il pointe du doigt un coffre rempli d'objets divers.

« Voici vos récompenses. Mais avant de vous servir, une petite énigme ! »

ENCADRE CHAQUE NOMBRE EN FONCTION DE CE QUI EST DEMANDÉ.

ENCADREMENT ENTRE DEUX UNITÉS

	877	
	685	
	223	

ENCADREMENT ENTRE DEUX DIZAINES

	123	
	447	
	512	

ENCADREMENT ENTRE DEUX CENTAINES

	541	
	234	
	674	

UN ANNIVERSAIRE QUI TOURNE MAL

6

En poursuivant votre chemin, vous arrivez à l'entrée d'un labyrinthe. Vous commencez à connaître un peu le jeu, vous allez devoir résoudre des énigmes pour vous repérer !

POUR CHACUNE DES DÉFINITIONS, TROUVE LE MOT DANS LA LISTE CI-DESSOUS QUI LUI CORRESPOND.

PROGRAMMER, DANSE, VACARME, CLAQUER, ÉNIGMATIQUES, TRÉBUCHER.

- Perdre l'équilibre en posant mal son pied :
- Art de s'exprimer avec son corps :
- Bruit assourdissant, tapage, chahut :
- Fermer violemment et avec bruit quelque chose :
- Dont le comportement, le caractère sont mystérieux :

QUEL EST LE MOT DONT TU N'AS PAS LA DÉFINITION ?

7

UN ANNIVERSAIRE QUI TOURNE MAL

Malgré la bonne résolution de l'énigme précédente, vous vous êtes quasiment tous égarés dans le labyrinthe... Heureusement, Ange a réussi à se repérer ! Il vous indique la marche à suivre.

EN SUIVANT LE MODÈLE PRÉREMPLI, INDIQUE À CHAQUE PERSONNAGE OÙ IL SE SITUE DANS LE LABYRINTHE.

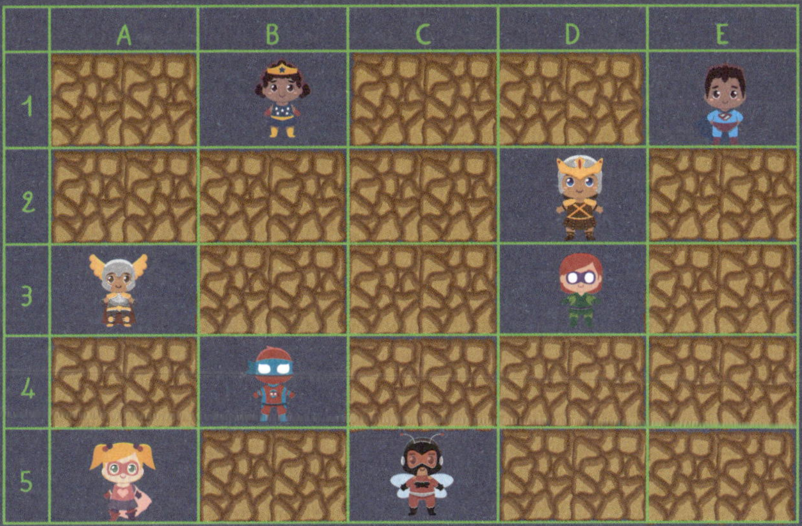

- ANGE : A3
- GUERRIÈRE :
- MASQUÉ :
- MOUSTIK :
- NATUREGIRL :
- PETITCŒUR :
- PRINCESSE :
- SUPERBOY :

ENQUÊTE N°5

8

UN ANNIVERSAIRE QUI TOURNE MAL

Grâce aux indications d'Ange, vous sortez du labyrinthe sains et saufs. Tout à coup, tout change autour de vous. Vous êtes désormais dans une pièce sombre et des rayons laser vous bloquent le passage ! Le Maître du jeu est de retour :

« La route n'est plus très longue jusqu'à la sortie ! Pour chaque laser bleu, il faut tracer une droite parallèle passant par le point bleu. Et pour chaque laser vert, vous devez tracer une droite perpendiculaire passant par le point vert. Bon courage ! »

AIDE-TOI DES POINTS DÉJÀ PLACÉS POUR TRACER LES DROITES PARALLÈLES ET PERPENDICULAIRES EN FONCTION DE LA CONSIGNE DU MAÎTRE DU JEU.

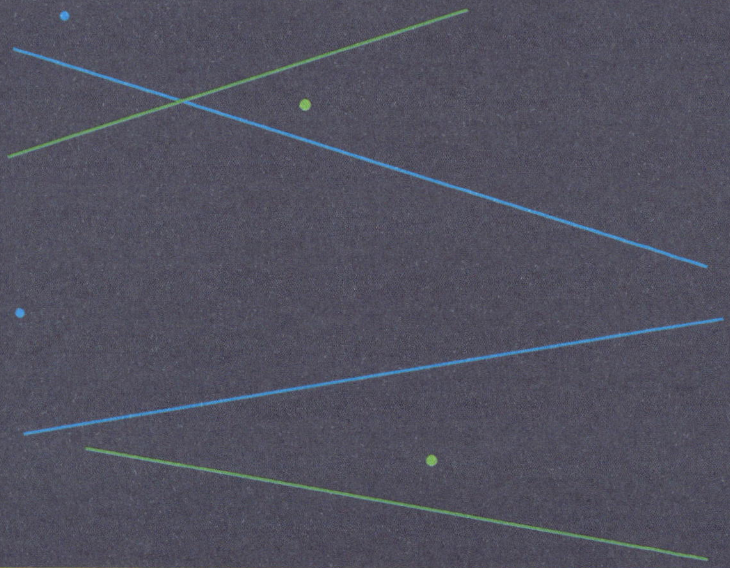

9 UN ANNIVERSAIRE QUI TOURNE MAL

Après beaucoup d'efforts, vous avez réussi ! Le Maître du jeu vous félicite et vous invite à vous reposer un petit peu.

« Vous avez fait chaque épreuve en 6 minutes et 30 secondes. Vous en êtes à 8 épreuves. Combien de temps avez-vous joué jusque-là ? »

POUR L'INSTANT, VOUS AVEZ JOUÉ ____ MINUTES.

TU SAIS QUE VOUS AVEZ COMMENCÉ LA PARTIE À 15 H 15. QUELLE HEURE EST-IL ?

IL EST ACTUELLEMENT ____ H ____.

TU NE VEUX PAS MANQUER L'HEURE DU GÂTEAU ! IL DEVRAIT ÊTRE SERVI À 16 H 30. DANS COMBIEN DE TEMPS DEVEZ-VOUS ABSOLUMENT SORTIR DU JEU ?

POUR PROFITER DU GÂTEAU, VOUS DEVEZ SORTIR D'ICI ____ MINUTES.

ENQUÊTE N° 5

DÉDUCTION

Le Maître du jeu revient après votre petite pause. Vous commencez à trouver le temps long et vous avez tous envie de manger le gâteau. Il déclare : « Je sais que vous voulez sortir d'ici, l'issue est toute proche ! Il vous suffit de résoudre ma dernière énigme. »

Vous vous approchez de lui pour bien comprendre ses paroles.

« POUR PASSER LA PORTE, IL VOUS FAUT UN CODE AVEC 3 LETTRES ET DE 5 CHIFFRES, ALORS ÉCOUTEZ BIEN ! »

- La première lettre est la deuxième voyelle de l'alphabet :
- Le premier chiffre est le double de 3 :
- Le deuxième chiffre est la moitié de 18 :
- La deuxième lettre est la septième consonne de l'alphabet :
- Le troisième chiffre est égal à un de plus que le premier chiffre :
- Le quatrième chiffre est égal au quart de 24 moins la moitié de 8 :
- La troisième lettre est l'avant-dernière consonne de l'alphabet :
- Le dernier chiffre est le seul chiffre qui s'écrit avec six lettres :

AFFAIRE CLASSÉE !

VOUS HÉSITEZ MAIS TAPEZ TOUT DE MÊME LENTEMENT LE CODE SUR LA PORTE : ____________

Miracle ! La porte s'ouvre et vous courez pour sortir. Vous êtes enfin libérés ! Vous retirez tous votre casque et vous précipitez vers la salle à manger où les cadeaux et l'énorme gâteau vous attendent.

Le gâteau est magnifique avec ses belles bougies qui brillent. Soudain, alors que tous tes amis fixent la pâtisserie avec envie, une pensée te traverse l'esprit. Si un quart de la bougie fond en 5 minutes, combien de temps lui faut-il pour fondre entièrement ? Tu ne voudrais pas manger un gâteau à la bougie !

IL FAUT ______ MINUTES À LA BOUGIE POUR FONDRE ENTIÈREMENT.

Tu es rassuré, les bougies sont soufflées et on te tend une belle part de gâteau. Tu vas pouvoir profiter de ce moment avec tous tes amis !

DESSINE TOUS TES AMIS, LES CADEAUX ET LE GÂTEAU !

ENQUÊTE N°5

SOLUTIONS

INDICE 1 P. 7 :

A 56 × 7 = 392

B 64 × 5 = 320

C 123 × 4 = 492

D 81 × 9 = 729

E 77 × 6 = 462

F 9 × 64 = 576

MIMI S'EST ÉCHAPPÉ PAR LA FENÊTRE B !

INDICE 2 P. 8 :

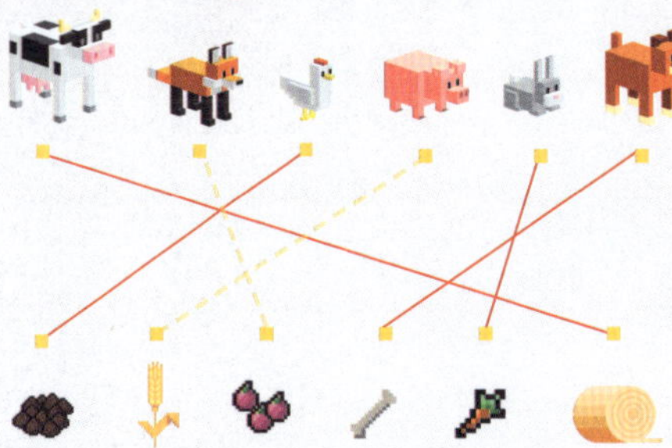

MIMI EST PARTI AVEC LE RENARD.

INDICE 3 P. 9 :

- LA FEMELLE DU CANARD S'APPELLE LA CANE.
- IL M'A TAPÉ : IL M'A DONNÉ UN COUP !
- EN ME PROMENANT DANS LA FORÊT, J'AI TROUVÉ DES MÛRES ET JE LES AI MANGÉES !
- J'AVAIS TELLEMENT CHAUD QUE JE ME SUIS BAIGNÉ DANS LA MER.
- POUR ÊTRE SÛR D'AVOIR ASSEZ D'ARGENT, IL FAUT QUE JE LE COMPTE.

INDICE 4 P. 10 :

COFFRE 1 : 71 ÉLÉMENTS.

COFFRE 2 : 60 ÉLÉMENTS.

COFFRE 3 : 39 ÉLÉMENTS.

IL FAUT QUE TU PRENNES LE COFFRE N° 3.

À LA POURSUITE D'UN CHATON

INDICE 5 P. 11 :

1,55 < 1,56 < 1,60

23,55 < 23,6 < 26,06

6,66 < 6,676 < 6,70

4,229 < 4,23 < 4,231

INDICE 6 P. 12 :

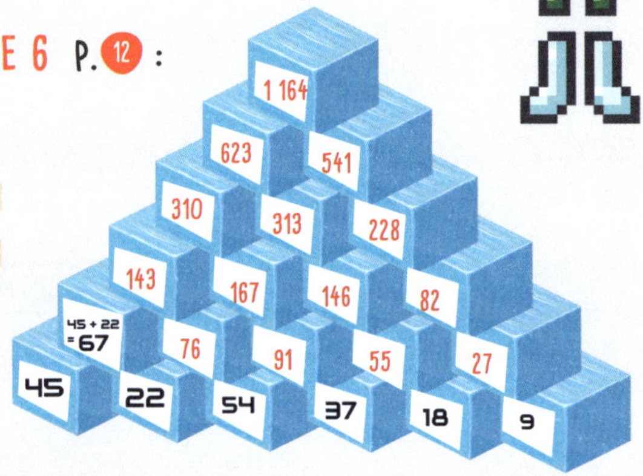

INDICE 7 P. 13 :

SE LEVER : 7 H 15.

CHERCHER DANS LA MAISON : 7 H 35 DONC 20 MINUTES.

VÉRIFIER QUEL AUTRE ANIMAL EST PARTI : 7 H 50 DONC 15 MINUTES.

PRÉPARER LES COFFRES : 8 H 02 DONC 12 MINUTES.

ENFILER L'ARMURE : 8 H 25 DONC 23 MINUTES.

MONTER EN HAUT DE LA MONTAGNE : 8 H 57 DONC 32 MINUTES.

DURÉE TOTALE : 1 HEURE 42 MINUTES.

INDICE 8 p. 14 :

FRAÎCHEUR, FRAIS, FRIGORIFIQUE, FRIMAS, FROID, FROIDURE, GLACÉ, GLACIAL, GLACIER, GRELOTTER.

INDICE 9 p. 15 :

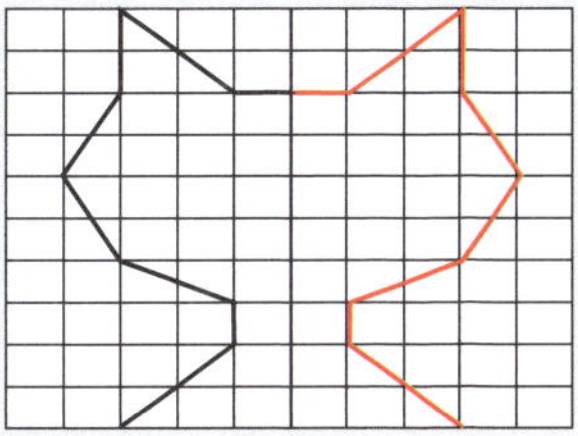

DÉDUCTION p. 16 :

PAGE	6	7	8	9	10
NOMBRE	2	4	3	1	6
COULEUR	ROUGE	BLEU	JAUNE	BLEU	ROUGE
PAGE	11	12	13	14	15
NOMBRE	2	1	2	2	3
COULEUR	VERT	JAUNE	VERT	ROUGE	VERT

AFFAIRE CLASSÉE ! p. 17 :

DÉMASQUER L'ESPION

ENQUÊTE N° 2

INDICE 1 P. 19 :

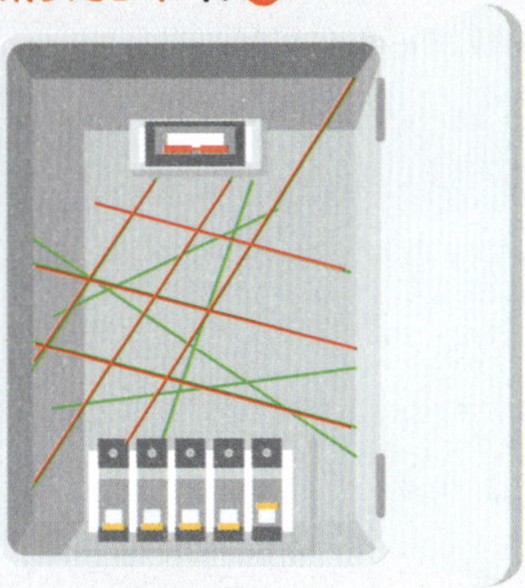

CODE : 6C

INDICE 2 P. 20 :

- ESPION, TRAÎTRE, FÉLON, FIDÈLE, SABOTEUR.
- ERREUR, FAUTE, EXPLOIT, DÉFAUT, INFRACTION.
- RÉALITÉ, VÉRITÉ, FIDÉLITÉ, FRANCHISE, MENSONGE.

CODE : 5M

INDICE 3 P. 21 :

DEUX CENT SOIXANTE-QUINZE : 275
MILLE VINGT-HUIT : 1 028
CINQ CENT QUATRE-VINGTS : 580
QUATRE CENT QUARANTE-QUATRE : 444
SIX CENT CINQUANTE-SEPT : 657

CODE : 3Q

INDICE 4 P. 22 :

7 H 15 — 10 H 45 — 1 H 40 — 4 H 30

CODE : 4L

DÉMASQUER L'ESPION

INDICE 5 P. 23 :

ÉLIMINER, EMMÊLER, EMMENER, EMPILER, ENLISER, ENREGISTREMENT, ENREGISTRER, ENTRE, ENTREPRISE.

CODE : 9R

INDICE 6 P. 24 :

60 + 80 + 40 = 180

CODE : 8V

INDICE 7 P. 25 :

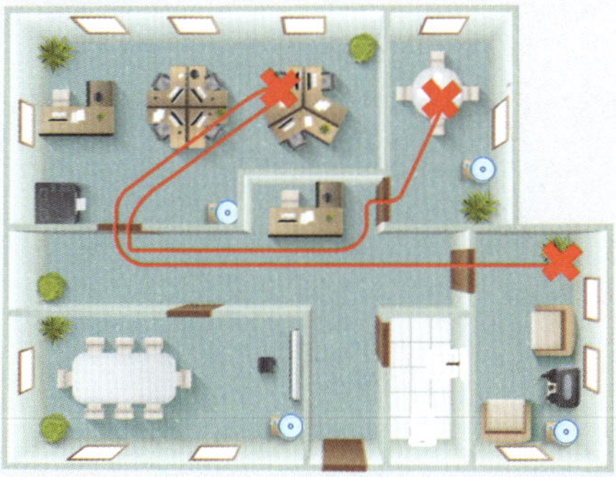

INDICE 8 P. 26 :

PIÈCE	PERSONNE	ENTRÉE	SORTIE	TEMPS
COULOIR	ESPION	10 H 15	10 H 23	8 MIN
COULOIR	TOI	10 H 16	10 H 25	9 MIN
CUISINE	ESPION	10 H 25	10 H 44	19 MIN
CUISINE	TOI	10 H 27	10 H 45	18 MIN
ENTREPÔT	ESPION	10 H 45	10 H 57	12 MIN
ENTREPÔT	TOI	10 H 46	11 H 00	14 MIN
RÉUNION	ESPION	10 H 59	11 H 14	15 MIN
RÉUNION	TOI	11 H 02	11 H 15	13 MIN

CODE : 4i

DÉMASQUER L'ESPION

INDICE 9 P. 27 :

POUCE = 4,5 CM
INDEX = 7,2 CM
MAJEUR = 8,2 CM
ANNULAIRE = 7,3 CM
AURICULAIRE = 5,1 CM
CODE : 5E

DÉDUCTION P. 28 :

PAGE	19	20	21	22
CHIFFRE	6	5	3	4
LETTRE	C	M	Q	L

PAGE	23	24	26	27
CHIFFRE	9	8	4	5
LETTRE	R	V	I	E

AFFAIRE CLASSÉE ! P. 29 :

L'ESPION EST LA PERSONNE N° 8.

TROUVER LES BUGS

ENQUÊTE N° 3

INDICE 1 P. 31 :

IL FAUT 352 FICHIERS DE PROGRAMME.
IL Y EN A 354, DONC TROP.

IL FAUT 422 FICHIERS DE SONS.
IL Y EN A 422, DONC LE BON NOMBRE.

IL FAUT 519 FICHIERS D'IMAGES. IL Y EN A 523, DONC TROP.

INDICE 2 P. 32 :

	IMAGES	SONS	TOTAL
NIVEAU 1	15	23	38
NIVEAU 2	24	18	42
NIVEAU 3	32	33	65
NIVEAU 4	10	11	21
TOTAL	81	85	166

INDICE 3 P. 33 :

Durée de la sauvegarde des fichiers de programme : 11 minutes.

Durée de la sauvegarde des fichiers de sons : 10 minutes.

Durée de la sauvegarde des fichiers d'images : 15 minutes.

Durée totale de la sauvegarde : 11 + 10 + 15 = 36 minutes.

INDICE 4 P. 34 :

Chat, chien, oiseau, arbre, poisson, tigre, mouche, araignée :
ce sont tous des animaux.

Ordinateur, téléphone, clavier, écran, crayon, imprimante :
ce sont tous des objets en lien avec l'ordinateur.

Kiwi, orange, bleu, vert, jaune, rouge :
ce sont sont tous des couleurs.

Horloge, chaise, table, tableau, aiguille, couverture :
ce sont tous des mots féminins.

Faire, prendre, savoir, amer, connaître :
ce sont tous des verbes.

INDICE 5 P. 35 :

Il y a 3 carrés : A, G et I.

Il y a 4 triangles : B, D, F et J.

Il y a 4 rectangles : C, H, E et K.

TROUVER LES BUGS

INDICE 6 P. 36 :

921 G | 934,2 G | 992,3 G | 1 020,2 G | 1 123,12 G | 1 240 G

INDICE 7 P. 37 :

234 + CENT VINGT-SEPT + DOUZE + 99 = 472
SOIXANTE-HUIT + 76 + TROIS + CENT SEPT = 254
TROIS CENT TRENTE-TROIS + 24 + QUATRE-VINGT-DIX + 16 = 463
14 + QUARANTE + CINQUANTE-TROIS + 22 = 129
LE MOT DE PASSE EST 472.

INDICE 8 P. 38 :

9	1	7
3	5	8
2	4	6

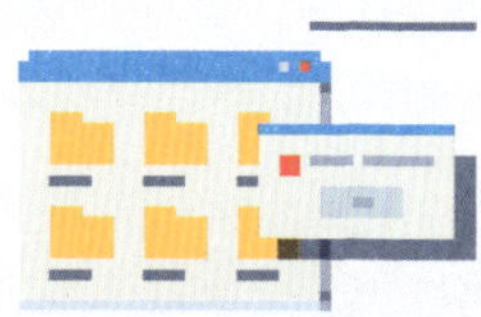

INDICE 9 P. 39 :

ZÉRO, YOGA, XYLOPHONE, WAGON, VOITURE, UTILE, TRAMPOLINE, SORTIE, RÉCIPIENT, QUANTITÉ, POMME, OURS, NOIR, MALCHANCE, LAMPE, KOALA, JUGE, IGUANE, HORLOGE, GUÉPARD, FEU, ÉTINCELLE, DALLE, COURS, BOCAL, ARBRE.

DÉDUCTION P. 40 :

PAGE 31 : CINQ CENT VINGT-TROIS
PAGE 32 : DIX-HUIT
PAGE 33 : ONZE
PAGE 34 : KIWI, AMER
PAGE 35 : CARRÉ
PAGE 39 : YOGA, BOCAL

AFFAIRE CLASSÉE ! P. 41 :

~~YOGA~~	~~CINQ CENT VINGT-TROIS~~	~~KIWI~~
HORLOGE	~~CARRÉ~~	~~ONZE~~
~~AMER~~	~~BOCAL~~	~~DIX-HUIT~~

INDICE 1 P. 43 :

64 × 5 = 320
70 × 7 = 490
100 × 21 = 2 100

45 × 9 = 405
67 × 8 = 536
23 × 4 = 92

INDICE 2 P. 44 :

28 = ¼ DE LA PIOCHE, 28 × 4 = 112.
LA PIOCHE SERA CASSÉE APRÈS 112 MINERAIS.

112/8 = 14. IL TE FAUT 14 MORCEAUX DE CHARBON POUR FAIRE CUIRE L'ENSEMBLE DE TON FER.

INDICE 3 P. 45 :

	GROGNEMENT	CRI	VOIX
HUMAINEMENT	GRONDEMENT	BRUIT	RIRE
GROGNON	RIMER	SON	
SILENCE	GROSEILLE	GRINCEMENT	GRIGNOTER
CHUCHOTEMENT	TRAVAILLER	GRIMACE	VACANCES
HURLEMENT	RICANEMENT	SONNERIE	VACARME

INDICE 4 P. 46 :

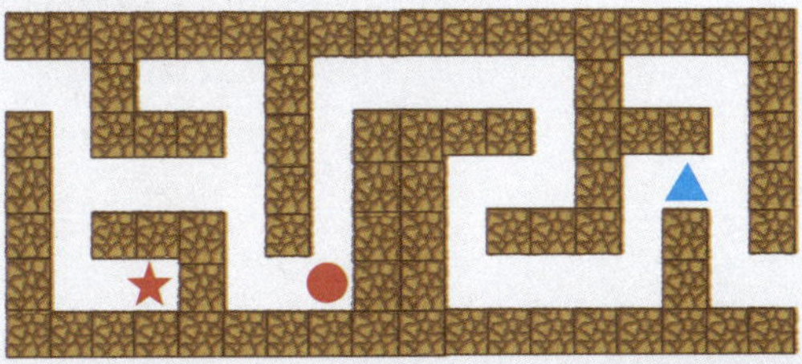

ÉCHAPPER AU GARDIEN

1. 4 PAS VERS LE NORD
2. 5 PAS VERS L'EST
3. 2 PAS VERS LE SUD
4. 2 PAS VERS L'OUEST
5. 2 PAS VERS LE SUD
6. 4 PAS VERS L'EST
7. 2 PAS VERS LE NORD
8. 1 PAS VERS L'EST

INDICE 5 P. 47 :

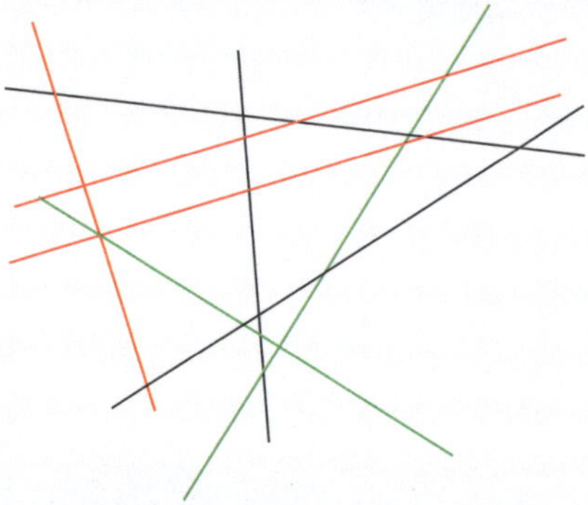

INDICE 6 P. 48 : (de bas en haut dans l'exercice)

VISE + L | V EILLE S + U | SURVEILLER

LEVIS + L | VISUELLE + R

V ILLE S + E | VEILLEUR S + R

INDICE 7 P. 49 :

	10,2		9,95		9,82		5,87	
102		10,0		9,57		5,68		4,12
	9,1		9,40		9,60		2,23	
8,54		9,07		9,43		5,21		4,2
	8,9		9,1		5,3		5,201	
10,5		8,14		7,85		6,522		4,024
	8,1		8,03		7,805		6,524	
100		8,12		8		6,55		3,228
	7,51		8,13		6,87		3,6	

ÉCHAPPER AU GARDIEN

INDICE 8 p. 50 :

Il te faut 126 secondes pour arriver à la sortie.
Cela équivaut à 2 minutes et 6 secondes.
Le gardien met 150 secondes à arriver à ton emplacement.
Cela équivaut à 2 minutes et 30 secondes.

INDICE 9 p. 51 :

1 kg < 1 256 g < 1,5 kg
10 g < 114,1 dg < 12 g
1,5 hg < 165 g < 1,7 hg
100 g < 1 034 dg < 10 500 cg
8 123 g < 8,222 kg < 8 321 g

DÉDUCTION p. 52 :

PAGE	43	44	45	47
NUMÉRO	66	44	32	20

PAGE	48	49	50	51
NUMÉRO	48	70	82	66

AFFAIRE CLASSÉE ! p. 53 :

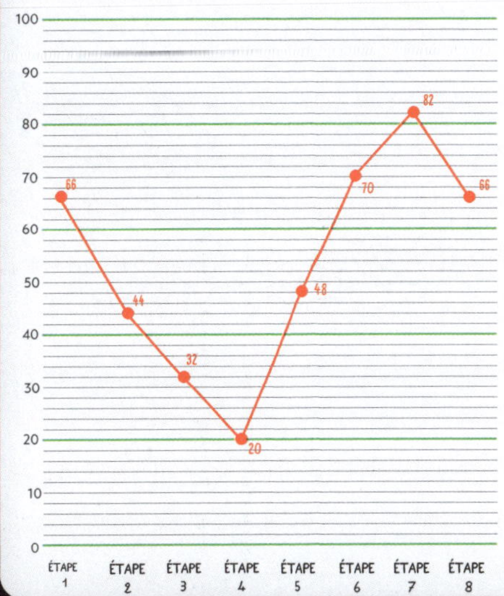

UN ANNIVERSAIRE QUI TOURNE MAL

ENQUÊTE N° 5

INDICE 1 P. 55 :

MOUSTIK 1 123 MM < PRINCESSE 1,14 M < PETITCŒUR 12,3 DM < ANGE 1,24 M < NATUREGIRL 127 CM < SUPERBOY 13,0 DM < GUERRIÈRE 1 301 MM < MASQUÉ 131 CM

INDICE 2 P. 56 :

CARRÉ : 7	TRIANGLE : 9	CERCLE : 15
LIGNE DROITE : 9	CROIX : 9	AUTRES FORMES : 16

INDICE 3 P. 57 :

463 + 281 = 744

543 + 323 = 866

46 × 4 = 184

61 × 7 = 427

658 - 261 = 397

8 236 - 381 = 7 855

706 × 5 = 3 530

INDICE 4 P. 58 :

3 870 : TROIS MILLE HUIT CENT SOIXANTE-DIX
7 286 : SEPT MILLE DEUX CENT QUATRE-VINGT-SIX
6 080 : SIX MILLE QUATRE-VINGTS
1 243 : MILLE DEUX CENT QUARANTE-TROIS
4 700 : QUATRE MILLE SEPT CENTS
5 555 : CINQ MILLE CINQ CENT CINQUANTE-CINQ

INDICE 5 P. 59 :

ENCADREMENT ENTRE DEUX UNITÉS

876	877	878
684	685	686
222	223	224

ENCADREMENT ENTRE DEUX DIZAINES

120	123	130
440	447	450
510	512	520

ENCADREMENT ENTRE DEUX CENTAINES

500	541	600
200	234	300
600	674	700

INDICE 6 P. 60 :

Perdre l'équilibre en posant mal son pied : TRÉBUCHER.

Art de s'exprimer en interprétant des compositions chorégraphiques : DANSE.

Bruit assourdissant, tapage, chahut : VACARME.

Fermer violemment et avec bruit quelque chose : CLAQUER.

Dont le comportement, le caractère sont mystérieux : ÉNIGMATIQUES.

Le mot dont tu n'as pas la définition est : PROGRAMMER.

INDICE 7 P. 61 :

Ange : A3
Guerrière : D2
Masqué : B4
Moustik : C5
NatureGirl : D3
PetitCœur : A5
Princesse : B1
SuperBoy : E1

INDICE 8 P. 62 :

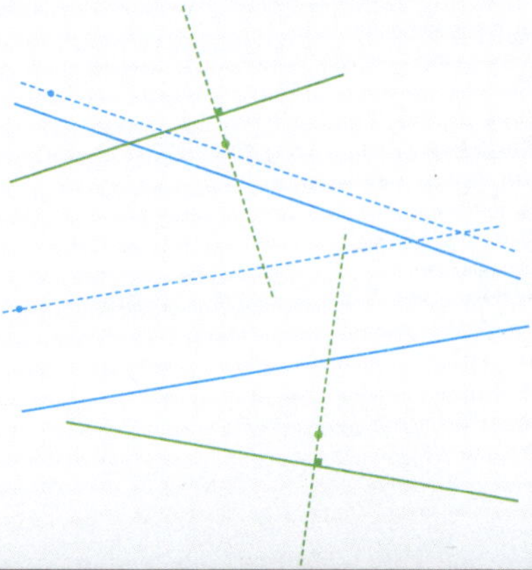

INDICE 9 P. 63 :

POUR L'INSTANT, VOUS AVEZ JOUÉ 52 MINUTES.
(8 × 6 MINUTES = 48 MINUTES + 8 × 30 SECONDES = 4 MINUTES)
IL EST ACTUELLEMENT 16 H 07. POUR PROFITER DU GÂTEAU, VOUS DEVEZ SORTIR D'ICI 23 MINUTES.

DÉDUCTION P. 64 :

1. LA PREMIÈRE LETTRE EST LA DEUXIÈME VOYELLE DE L'ALPHABET : E.
2. LE PREMIER CHIFFRE EST LE DOUBLE DE 3 : 6.
3. LE DEUXIÈME CHIFFRE EST LA MOITIÉ DE 18 : 9.
4. LA DEUXIÈME LETTRE EST LA SEPTIÈME CONSONNE DE L'ALPHABET : J.
5. LE TROISIÈME CHIFFRE EST ÉGAL À UN DE PLUS QUE LE PREMIER CHIFFRE : 7.
6. LE QUATRIÈME CHIFFRE EST ÉGAL AU QUART DE 24 MOINS LA MOITIÉ DE 8 : 2.
7. LA TROISIÈME LETTRE EST L'AVANT DERNIÈRE CONSONNE DE L'ALPHABET : X.
8. LE DERNIER CHIFFRE EST LE SEUL CHIFFRE QUI S'ÉCRIT AVEC SIX LETTRES : 4.

AFFAIRE CLASSÉE ! P. 65 :

LE CODE DE LA PORTE EST E69J72X4.
IL FAUT 20 MINUTES À LA BOUGIE POUR FONDRE ENTIÈREMENT.

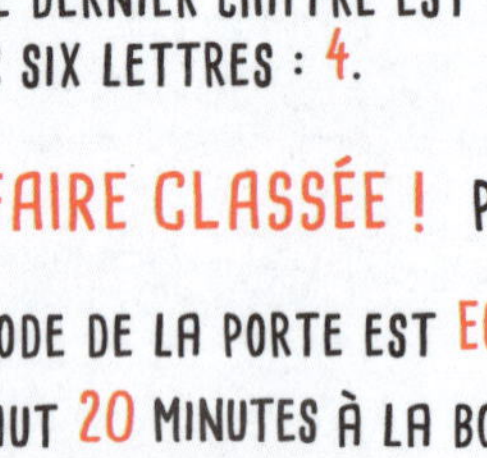